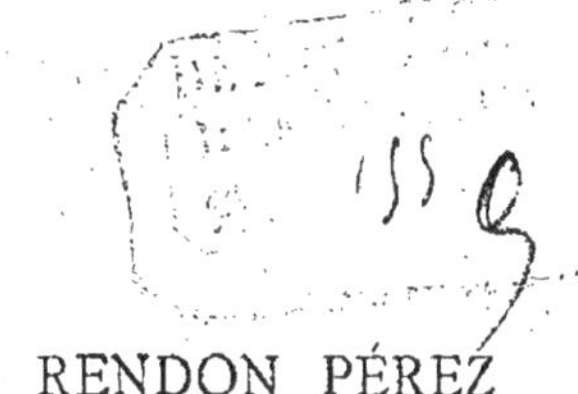

CARLOS RENDON PÉREZ

GRAINS DE SABLE
A MA FRANCE

Nouvelle Édition

PARIS
LÉON VANIER, ÉDITEUR
19, QUAI SAINT-MICHEL, 19

1896

GRAINS DE SABLE

A MA FRANCE

Nouvelle édition

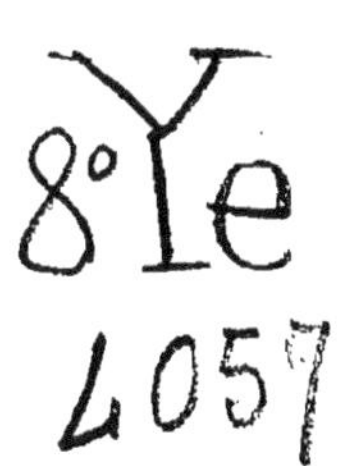

OUVRAGES DU MÊME AUTEUR

L'Alsacien, poème (*épuisé*).

Les Préludes, poésies, 1 vol. (*épuisé*).

Les Prémices du Cœur, poésies, 1 vol. (*épuisé*).

La Jung-Frau, poème en trois chants, 1 vol. (*épuisé*).

Grains de Sable,
A ma France } poésies, 1 vol., nouvelle édition. Prix, 2 fr.

La Terre de Colomb (*épuisé*).

LES NOCTURNES

1 vol. ; prix, 3 francs ; Alphonse LEMERRE, éditeur.

Le Demi-Dieu, l'Idole brisée, sonnets, 0 fr. 50.

SOUS PRESSE

La Estatua de Rocafuerte, poema.
Contes Méridionaux.

CARLOS RENDON PÉREZ

GRAINS DE SABLE

A MA FRANCE

Nouvelle Édition

PARIS

Léon VANIER, Éditeur

19, QUAI SAINT-MICHEL, 19

1896

A mon Frère ainé Victor-M. RENDON

SECRÉTAIRE DE LÉGATION

Mon bien cher Victor,

J'exhume ce recueil, où ma jeunesse a étalé toute son inexpérience. Il parut il y a cinq ans et contenait mes poésies de 1879 à 1881, c'est-à-dire de ma quinzième à ma dix-huitième année.

Il m'a plu, pendant cet hiver passé au bord de la Méditerranée, de revoir, par la pensée, les choses enfouies dans le lointain, ces instants que je regrette parce qu'ils sont écoulés, que je voudrais revivre parce que c'est impossible.

Il me fallait un guide pour ne pas me perdre en ce labyrinthe de jours. J'ai pris, parmi mes quatre premiers livres, celui qui dormait le plus profondément dans la poussière de l'oubli, celui que je pensais ne réveiller jamais.

T'avouerai-je qu'en rouvrant ce recueil, dont je détournais auparavant le regard avec honte, j'éprouvai une vive émotion ? Il me semblait que je levais le suaire enveloppant mes espérances de bonheur et de gloire, qu'elles allaient se dresser devant moi et m'apostropher en termes mélodramatiques : « — Pourquoi nous tirer du néant où » nous sommes rentrées en maudissant ton caprice, qui » nous en avait fait sortir ? Ne te suffit-il pas de nous » avoir exposées une première fois déjà à l'outrage de la » critique ? As-tu perdu le souvenir de l'opprobre dont » elle nous a couverts ? Ne trouble pas la paix que nous » goûtons. Les ténèbres nous réclament, n'arrête pas » notre chute incessante dans le gouffre sans fond de » l'oubli ! »

Tout au contraire, je ressentis comme une agréable surprise. Ce recueil me sembla un bouquet de violettes fanées qui reprenaient leur fraîcheur primitive sous la chaude influence de la lumière. Oh ! que de souvenirs à chaque vers ! Je revenais sur mes pas. Comme le féerique Petit Poucet jetait des grains sur son chemin pour le reconnaître le jour suivant, moi j'avais jeté des rimes sur ma route, et voilà qu'elles me ramenaient vers mon passé ! Mil huit cent quatre-vingt ! Mes seize ans ! Toute ma jeunesse pensive et souffreteuse ! Mes tristes pensées d'alors s'entrelaçant à mes plus tristes pensées d'aujourd'hui ! J'étais ému, ému comme lorsque je te revois, mon frère, après une longue absence. Ne me retrouvais-je pas moi-même après cinq ans écoulés ?

L'édition de 1881 était épuisée. J'ai résolu d'en tirer une nouvelle. Ce n'est pas que je juge ces vers bons. Je n'espère pas non plus intéresser la critique, trop dédaigneuse de notre art.

Un homme de talent, et même de génie, ne se hausse au-dessus de la foule grouillante des inconnus qu'à la condition de vivre dans les centres littéraires de la capitale.

Éloigné de Paris par ma santé ou mes occupations diplomatiques, je n'écris que par un besoin inné de rythmer mes idées ; ma vie se dissipe sur les grèves enchanteresses de la Méditerranée chantée par Byron, ou à travers les grandioses vallées pyrénéennes. Il ne m'est donc pas donné de convoiter une renommée tapageuse ni d'aspirer à une gloire durable.

Du reste, travailler est pour le poète une joie et une récompense. Le vers n'est pas un simple jeu de rimes. L'idée, d'essence divine et immortelle comme l'âme, est ce qui sacre le poète. Le vers est une pensée rythmée, le vers est une mélodie qui parle. Enlevez à notre art l'harmonie et l'idée, qu'en restera-t-il ? Des mots, rien que des mots, qui, habilement combinés, peuvent parfois exprimer une pensée rachitique, fille illégitime du hasard.

Non, la poésie n'est pas un simple assemblage de syllabes identiques. La rime, dans un siècle glorieux, était esclave, mais nous avons déclaré Boileau incompétent. On a fait de la politique en prosodie ; puisque la rime est une esclave, nous allons l'émanciper. On l'a libérée. Jusque là, rien à redire. La rime joue un rôle assez important dans la versification française pour qu'on l'élève au rang de citoyenne. Mais, hélas ! nous avons aussi des poètes démagogues, et ceux-ci ont divinisé celle qui, hier, était encore une servante, oubliant que le despotisme des parvenus a toujours été le plus tyrannique. La rime s'est empressée de dicter des lois absurdes que de bons poètes ont contre-signées et que leurs disciples colportent. Elle s'est enrichie dans des proportions scandaleuses ; elle trône, elle fait la roue. Prosternés devant elle, tous les porteurs de lyre chantent sa louange. Elle est tout : sans elle, il n'y a plus ni poètes ni poésie.

Et cependant non, la forme ne prime pas le fond ; la pensée est tout, la rime est un accessoire. Et les yeux tournés vers l'Idéal, astre de vie intellectuelle, proclamons que la poésie est la vestale chargée d'entretenir le feu sacré de l'Inspiration, et d'enseigner la loi contenue en trois mots suprêmes : le Bien, le Vrai, le Beau.

.   .   .   .

.   .   .   .

.   .   .   .

*
* *

J'ai écrit les lignes qui précèdent en 1886. Près de dix ans se sont écoulés sans que je me sois décidé à publier cette deuxième édition ni mes nouveaux ouvrages. Pourquoi convier un public blasé et hostile à respirer d'humbles fleurettes cueillies au bord des précipices de la vie, lui que, seuls, des poètes aux voix retentissantes réclament, attirent et transportent ? Si, cependant, je livre aujourd'hui ces pages à l'indifférence des passants, c'est que, en ayant vu quelques-unes citées et reproduites dans des feuilles littéraires étrangères, je désire donner à ces amis inconnus une édition purifiée ; la première portait des traces trop visibles de ma jeunesse et de mon inexpérience. Celle-ci, tout en offrant au fond les mêmes défauts, a été superficiellement corrigée dans ses parties les plus imparfaites.

Ce tout petit recueil renferme deux parties : GRAINS DE SABLE *et* A MA FRANCE. *Puisque nous sommes tout à la Paix, j'ai ajouté, à la suite des poésies patriotiques et belliqueuses, une ode nouvelle à* l'Arbre de la Paix.

1895.

GRAINS DE SABLE

A MON PÈRE

Qu'elle est belle des cieux la splendide apparence !
Comme elle nous remplit de joie et d'assurance !
Le soleil du Midi brille en toute saison,
Mon père ; il s'est chargé de votre guérison !
Peu à peu nous voyons, sous son ardente flamme,
La crainte, pour longtemps, s'effacer de notre âme ;
Nous ne redoutons plus cet horrible moment
Que nous avons vécu..... sans comprendre comment !
Oh ! le souvenir seul de la douleur passée
Vers la folie encor emporte la pensée !
Car vous frappiez déjà, malgré vos fils en deuil,
A la porte du ciel dont la tombe est le seuil !

Vous alliez disparaître à nos regards farouches,
Et des mots de révolte échappaient de nos bouches,
Où les cris s'étouffaient de l'éternel adieu !
Insensés, nous osions vous disputer à Dieu !
Mais bientôt du danger la rapide croissance
Nous força d'avouer toute notre impuissance.
Et dans le désespoir que mon âme souffrit,
Jugeant que notre orgueil est vain, puisqu'il suffit
Que le bras du Seigneur pèse sur notre épaule
Pour que nous nous courbions à terre comme un saule,
Je criai vers le ciel, mains jointes, à genoux,
Ayez pitié de nous ! ayez pitié de nous !
Mon Dieu, vous êtes bon, je crois, j'aime, j'espère,
Pardonnez nos erreurs, et sauvez notre père !

Heureux pourtant vous qui, vous sentant sans remord,
Pouvez d'un œil tranquille envisager la mort ;
Vous qui serez exempt, à l'heure solennelle,
De la peur qui saisit toute âme criminelle.
Calme, vous vous livriez à ce funèbre flot !
Vous ne résistiez point, ainsi qu'un matelot,
Naufragé dans la nuit, s'accroche à quelque épave ;
Et la mort s'étonnait de votre cœur si brave !

C'est que dans l'horizon, sous les cieux indulgents,
Vers vous tendaient les bras les tristes indigents
Que vous aviez laissés puiser à votre bourse,
Comme donne ses eaux une limpide source !
Sur votre esquif brisé, par les vagues battu,
Vous voyiez au zénith rayonner la vertu.
Et rendant à l'Espoir son paisible sourire,
Vous écoutiez des chants que je ne sais écrire,
Tout remplis de douceur, de grâce et de bonté,
Que chantait, en venant vers vous, la Charité !

Oublions à présent cette heure épouvantable ;
Reconnaissons de Dieu le pouvoir redoutable,
Et puisqu'il a comblé vos enfants de bonheur
Remercions souvent à genoux le Seigneur !
A la joie, à l'amour, ce soleil nous convie,
Père, mère, vivez une très longue vie !
O vous si bons ! Vos fils s'honorent d'être issus
De parents tels que vous, et mettent au-dessus
Des riches enviés, des princes qu'on renomme,
Leur mère, sainte femme, et leur père, honnête homme.

AMOUR TIMIDE

A Madame X. Y. Z.

Certes, la poésie est sœur de la musique ;
Vous l'avez dit, Madame, et vous avez bien dit.
A ces mots je restai devant vous interdit,
Et vous avez pensé : Quel garçon excentrique !

Parbleu ! j'avais reçu l'étincelle électrique !
Je lisais dans vos yeux un poème inédit,
Quand l'amour, me sautant au cœur comme un bandit,
M'administra le plus fameux des coups de trique !

Quoi d'étonnant alors que j'eusse l'air d'un sot ?
Quand je vois dans vos yeux rayonner une flamme,
Pourquoi me traitez-vous presque comme un marmot ?

J'ai seize ans, s'il vous plaît ; prenez garde, Madame !
Car je vous montrerai tout ce que j'ai dans l'âme.....
Si vous me promettez de n'en pas souffler mot !

1880.

BOUTADE

Pour aller je ne sais où,
Avec je ne sais quel prince,
Ma femme, dont j'étais fou,
Me laissa seul en province.

Elle quitta la maison
Sans rien dire. La vaurienne
M'avait troublé la raison :
Je jetai dehors ma chienne.

Ma femme, depuis ce jour,
Qu'est-elle bien devenue ?
Je n'attends plus son retour ;
Ma chienne ? elle est revenue !

1880.

LE DÉPART

Quoi, vous partez ? Le mal qui vous torture
Vers des pays dorés guide vos pas ;
Vous trouverez l'oubli dans la nature,
    Moi, je n'oublierai pas.

Je vous verrai sourire dans mes rêves ;
Je verrai ce regard tranquille et doux
M'illuminer toujours les heures brèves
    Où je fus près de vous.

Oh, vous partez ! Dans cet instant suprême
Qui, farouche, accomplit l'ordre de Dieu,
J'avoue en sanglotant que je vous aime ;
    Soyez heureuse, adieu.

1880.

VICTIME DE L'AMOUR

I

« — Pour lui, j'ai tout quitté; j'ai quitté, pour le suivre,
Le meilleur des maris, car je ne voulais vivre
Que pour lui; je voulais n'aimer que lui — toujours!
J'ai banni de mon cœur le souvenir des jours
Où je goûtais le fruit d'un amour légitime;
Et j'ai bu de la fange et j'ai mangé du crime.
Misérable, je n'ai reculé devant rien,
Et j'ai fait tout cela pour qui? pour un vaurien!

Pour ce vil Gennaro qui se rit, qui se joue
De moi, j'ai donc roulé mon âme dans la boue!
Et que me reste-t-il, à moi qui mis en lui
Mon avenir? — C'est bien, mon dernier jour a lui
Et je vais froidement sonder le noir mystère;
Oui, la fille maudite et l'épouse adultère,
Qu'a souillée à loisir un lâche suborneur,
Ira dans le tombeau cacher son déshonneur!

Pour qu'à présent encor elle me fasse envie,
A moi qui souffre tant, — qu'est-ce donc que la vie?
Oh! pour m'aventurer dans ce sombre chemin,
Où l'on erre, tâtant de sa tremblante main
La nuit vide, séjour affreux de l'épouvante;
Oui, pour y pénétrer de moi-même, vivante,
Sans l'aveu du destin pour y porter mes pas,
Il faut une vertu que je ne me sens pas!

L'existence est un mal, la mort est son remède;
Puisqu'il faut en finir, courage, et que Dieu m'aide.

Dieu? — Je n'ai pas le droit de t'invoquer, mon Dieu!

De tous abandonnée et maudite, au milieu
De femmes sans pitié, d'hommes au cœur de pierre,
Je t'implore — et le Ciel rechasse ma prière.
Après avoir commis d'exécrables forfaits,
S'il a le repentir, l'assassin meurt en paix.
...Ce pardon que le Ciel à l'assassin accorde
Moi, je ne l'attends pas de sa miséricorde;
Je dois encor souffrir après avoir souffert:
La honte en cette vie et dans l'autre l'enfer!
Je détruis malgré Dieu ma vie infortunée,
Moi, c'est moi qui me tue; — horreur! — je suis damnée!
Mais est-il dans le vrai ce précepte vanté
Qui prétend criminel de lèse-humanité
L'indigent affolé qui tout d'un coup décide
Finir ses longs tourments par un prompt suicide?
Se tuer est-ce mal et vivre est-ce un devoir?
Je m'interroge en vain, je ne puis rien savoir.

La femme, devant qui nulle porte ne s'ouvre,
Sans pain pour se nourrir, et sans toit qui la couvre,
Frôle le cabaret, du vice infect séjour
Aux portes grandement ouvertes nuit et jour,
Et d'où sort une voix mielleuse qui l'appelle

Ou parce qu'elle est jeune, ou parce qu'elle est belle.
Cette voix lui promet des trésors à foison,
Tout ce qui peut tenter sa chétive raison ;
Elle n'a qu'à dire : oui ; mais non, elle résiste,
Et, la rougeur au front, s'éloigne, noble et triste.
Rien ne la forcera de se prostituer.
Puisqu'elle ne peut vivre, elle va se tuer.
Elle se jette à l'eau. Cette angoisse suprême,
Ce martyre odieux que je ressens moi-même,
Elle l'éprouve aussi dans ce cruel moment ;
Et Celui qui du haut de son bleu firmament
Assiste à ce spectacle et conçoit sa souffrance,
Rappellerait à lui l'ange de l'espérance
Qui nous vient apporter la consolation,
Et joindrait à ces maux sa malédiction !

C'est mal de se tuer ; mais que faire alors ? Tendre
La main ? Non, non, jamais ! — Devait-elle se vendre ?

Et moi, Seigneur, et moi, puis-je faire autrement ?
Tout me pousse à la mort, elle est mon châtiment.
Le suicide convient aux viles créatures,

Car il est précédé de cruelles tortures.
Oui, c'est, après ma faute, une nécessité,
C'est un supplice aussi que j'ai bien mérité,
Moi qui m'aventurai dans le chemin oblique
Où sont empreints les pieds de la fille publique!
Et quoi? Je brûlerais toute l'éternité?
Mais alors, ô mon Dieu, quelle est donc ta bonté?
Toi qui d'une maudite enfielles l'agonie,
Toi qui me damnes! — Non, l'Église me renie;
Toi, tu m'ouvres les bras, tu prends pitié de moi,
Car tu sais mon remords : Mon Dieu, j'espère en toi! »

II

Un bruit vient d'ébranler la route solitaire,
C'est le bruit d'un cheval galopant ventre à terre.
Quel est ce cavalier caché par le brouillard

Poussiéreux du chemin ? Quel est-il ce vieillard ?

Lucia se relève et court à la fenêtre.
Qui vient ? Elle n'a pas de peine à reconnaître
Cet homme : C'est Fernan.
       Voudrait-il l'achever ?
De reproches sanglants voudrait-il l'abreuver ?
Voudrait-il lui jeter à la face son crime ?
Son œil brille ; est-ce donc la haine qui l'anime ?

Lucie, au même instant, s'éloigne du balcon.
Sur la table, à la hâte, elle prend un flacon.
— O toi par qui je meurs, Gennaro, ta victime,
Au moment d'expirer, te pardonne ton crime ;
Cette cruelle mort va me rendre l'honneur.
Courage ! il n'est que temps : je bois à ton bonheur !

Elle porte le verre à la bouche et le vide.
Tout son être tressaille ; elle devient livide ;

Hélas! ce que Lucie a bu c'est du poison.

Fernan avait franchi le seuil de la maison
Et d'une main fiévreuse il frappait à la porte.

— O Lucie, ouvre-lui, car sa lèvre t'apporte
Et le mot de pardon et le baiser de paix.
Son regard est couvert de ce nuage épais
Que répand sur les yeux la douleur inhumaine;
O Lucie, ouvre-lui, c'est l'amour qui l'amène! —

Il entre; le vieillard passe ses doigts tremblants
Dans les flots dispersés de ses longs cheveux blancs.
Ils se taisaient tous deux, et, pendant ce silence,
On entendait leurs cœurs battre avec violence.

« — Pauvre femme! Combien vous avez dû souffrir!
Ne vous étonnez pas de me voir accourir

Auprès de vous; mon Dieu, je suis toujours le même,
Et comme au premier jour, Lucia, je vous aime.
Je viens vous consoler de son lâche abandon;
Et de plus, voulez-vous m'accorder mon pardon?
Comme vous j'ai commis une faute, Madame;
Je n'avais pas le droit de vous choisir pour femme.
Je suis trop vieux pour vous, trop vieux assurément :
Les rides de mon front excusent votre amant.

Le Destin, ce tyran impitoyable et sombre,
Qui, pour n'être pas vu, marche caché dans l'ombre,
Toujours à nos côtés, nous suivant pas à pas
Sans jamais se lasser, et nous dictant tout bas
Des ordres odieux qu'il faut que l'on remplisse,
S'il n'est le seul coupable, il est votre complice.

J'ai bien souffert, Lucie : oublions le passé.
Vous avez bien souffert : que tout soit effacé.
Nous sommes malheureux tous deux : vivons ensemble,
Car le bonheur sépare et la douleur rassemble!

La vie, ô pauvre femme, est un étroit chemin
Bien pénible pour nous aujourd'hui, mais demain,
Quand nous serons couchés dans le profond silence
Du sépulcre tranquille — et dans la nuit immense! —
Que nous importeront le monde et ses appâts,
Et son bruit importun que nous n'entendrons pas?

Pour lier fortement notre esprit à la terre,
Le Ciel enveloppa la tombe d'un mystère
Impénétrable; il a semé partout l'effroi.
Si l'homme était certain qu'il est un Dieu, pourquoi
Craindrait-il, devançant l'heure qu'il a marquée,
De présenter à Dieu son âme démasquée
Et toute nue, à Dieu pour qui rien n'est secret?
Il jetterait les pleurs, les remords, le regret
Et les cris étouffés, ô nuit, dans ton silence,
Dans les plateaux exacts de l'exacte balance;
O sort! il y mettrait aussi tes cruautés,
Pour faire contrepoids à ses iniquités!
Il dirait : O Seigneur, ô notre Maître auguste,
J'ai plus souffert encor que péché, sois donc juste !

Lorsque la mort nous a lâchement abattus,

Si rien ne compensait nos maux et nos vertus,
Si tout était fini, si la tombe lugubre,
Qui de sa bouche exhale une haleine insalubre,
Ne contenait l'espoir consolant du réveil,
L'homme irait au-devant de l'éternel sommeil.
Oh! comme il frapperait à ta porte entr'ouverte,
Sépulcre! pour changer contre une face verte,
Contre des yeux éteints et de froides pâleurs
Son visage rongé par d'horribles douleurs.
Perdre pied au tournant de la route suivie,
Se soustraire à l'affreux cauchemar de la vie
Sans s'être réveillés, quel bonheur!

                         Nous souffrons
Du doute, cercle en feu qui nous étreint les fronts.
Dans l'un et l'autre cas la mort est un refuge;
Cependant, malgré lui, l'athée a peur d'un juge,
Et même le chrétien, dans le tombeau béant,
A peur, au lieu du Ciel, de trouver le néant.

O femme, c'est pourquoi laissons la Providence
Nous conduire; suivons ses pas sans résistance;

Ne forçons pas la mort à briser notre lien :
Vivons pour expier et pour faire le bien.
Vivre est bien dur pour vous : Lucia, du courage!
Attendons, en courbant la tête sous l'orage,
Que le pardon divin ait sur vous rayonné
Comme un paisible iris au Ciel rasséréné.
Vous que poursuit la haine et que l'insulte assiège,
Vous avez aujourd'hui besoin qu'on vous protège.
Je m'offre à vous. Rentrez dans le monde à mon bras,
Et nul ne médira de vous, même tout bas! »

Il se tut.
      Dans ses mains elle cachait la tête.
Des sanglots s'échappaient de son sein qui halette :
« — Seigneur, tu me punis d'avoir désespéré! »
Dit-elle. « Et toi, Fernan, à qui j'avais juré
D'aimer toute la vie, oh! quand tout m'abandonne,
Tu m'offres les trésors de ton cœur qui pardonne!
Écoute..... mais la nuit s'étend sur ma raison.
Adieu, Fernan!
          — Lucie!
               — Oui, j'ai bu du poison;
Oui, j'ai désespéré de Dieu : j'en suis punie! »

« — Morte! Morte! . . . .
. . . .
      Seigneur, dans ta gloire infinie,
Pitié pour cette enfant, victime de l'amour.
Moi, sa victime aussi, jusqu'à mon dernier jour,
Je vais au fond d'un cloître, aux pieds de la madone,
Femme, je vais prier pour que Dieu te pardonne! »

1881.

PETIT RIEN MÉLANCOLIQUE

A M. Richard Lesclide.

Vous, oiseaux passagers, pourquoi partir sitôt ?
Jours présents, vers quel ciel vous emportent vos ailes ;
Et vous, ô jours passés, reviendrez-vous bientôt,
Dites, reviendrez-vous comme les hirondelles ?

Je ne vous verrai plus, oh ! non, jamais, jamais !
Vous partez pour toujours. De ce lointain rivage,
Jours, vous ne devez point revenir désormais.
O jours passés, adieu ! Jours présents, bon voyage !

1880.

LE RENDEZ-VOUS

Veux-tu que nous cherchions l'Espérance envolée,
Dans les cieux où les monts reposent leurs sommets ?
Et que nous nous perdions sur la route étoilée
Où brillent des clartés qui ne meurent jamais ?

Veux-tu, comme une plume errante dans l'espace,
Sans souci du Destin, aller où va le vent ?
Ou, comme la légère hirondelle qui passe,
Diriger notre essor vers le Soleil levant ?

4

Et de même que l'aigle admirable et superbe,
Ainsi que l'indomptable et farouche condor,
De nos rêves fleuris éparpillant la gerbe,
Monter ravir au Jour son auréole d'or ?

Ou bien, préfères-tu, sans sortir de la terre,
Te bercer sur l'azur cristallisé des flots ?
Et quand la Nuit étend partout son noir mystère,
Mêler ta chanson douce à leurs tristes sanglots ?

Là, pressant sur mon cœur ton front qu'un rayon dore,
Loin des jaloux pervers et des sots odieux,
O souffle de ma vie, idéal que j'adore,
Nous nous enivrerons de bonheur radieux !

Viens donc, viens dans mes bras ! Je te veux et je t'aime !
Qu'importe la colère et le mépris humain !
Du monde que je hais, qu'importe l'anathème,
Si je vois ta beauté briller sur mon chemin !

Si de nous désunir le Destin en furie,
Au Temps, cruel bourreau, donnait un ordre exprès,
Appuyant mon baiser sur ta lèvre chérie,
Nous nous endormirons sous le même cyprès !

Mais si moi le premier, tombant de lassitude,
J'abandonnais mon être au glacial sommeil,
Chasse de mon tombeau la morne Solitude ;
De cette affreuse nuit sois le vivant Soleil !

Que le brumeux Oubli, plus froid que les ténèbres,
Ne m'enveloppe pas dans un double linceul ;
Si je tremble au contact des sépulcres funèbres,
C'est que là, je le sais, tu me laisseras seul !

Point n'est besoin des mots qu'enferme le grimoire,
Pour que je t'apparaisse en noir spectre jaloux,
Si jamais dans tes bras on souillait ma mémoire ;
Jette plutôt mon corps à dévorer aux loups !

Oui, même après ma mort, sois-moi bonne et fidèle ;
Comme un dépôt sacré, garde mon souvenir !
Songe que dans le ciel ton âme, d'un coup d'aile,
A la mienne plus tard doit pour toujours s'unir !

LES ÉTOILES

Est-ce le fer brûlant des coursiers de la nuit,
En frappant sur l'azur des voûtes éternelles,
Qui fait, quand le soleil vers l'Occident s'enfuit,
> Jaillir des étincelles ?

O vous, divines fleurs du céleste jardin,
Astres, que la fraîcheur de l'ombre fait éclore,
Qui parfumez le soir, et que chaque matin
> Cueille la blanche Aurore ;

Vous, qui nous souriez au sein des firmaments,
Resplendissants flambeaux des plaines azurées,
Éclairez et guidez les âmes des amants
        Dans les cieux égarées !

Amis, vous souvient-il que nous avons juré
Un éternel amour, par une nuit sans voiles ?
Vous fûtes les témoins de ce pacte adoré,
        O rêveuses étoiles !

Vous avez ravivé votre chaste splendeur,
Quand de sa lèvre en feu tomba l'aveu suprême ;
Du bois tous les échos répétèrent en chœur,
        Répétèrent : je t'aime !

Ah ! gardez à jamais ce souvenir lointain ;
Dans ces lieux qui pour elle ont perdu tous leurs charmes,
Qu'à notre souvenir, l'aube, chaque matin,
        Laisse tomber des larmes !

Et quand je reviendrai me promener encor,
Comme aux jours d'autrefois dans ces bois taciturnes,

Cachez, astres, cachez vos chevelures d'or
          Sous les ombres nocturnes !

Mais lorsque de mes jours s'éteindra le flambeau,
Et que je dormirai dans le froid cimetière,
Répandez tous les soirs sur mon triste tombeau
          Votre douce lumière !

1881.

LE TERRE-NEUVE

RÉCIT

A M. Jules ten BRINK.

Ce chien, qui tout à l'heure est venu me flairer
Et me lécher la main, m'a fait presque pleurer.
Je me suis souvenu d'une assez triste histoire,
Très vieille, et néanmoins présente à ma mémoire.
Je vais la raconter. L'événement eut lieu
Dans un pays très loin, en Afrique, au milieu
De ces déserts peuplés de bêtes très féroces.
Je voyageais là-bas par des chaleurs atroces,
Avec deux compagnons, dont l'un Autrichien
Et l'autre Anglais. Chacun de nous avait un chien.
Le mien était fort beau ; c'était un terre-neuve,

Un vrai ; je l'avais mis maintes fois à l'épreuve,
Il s'en était toujours tiré très vaillamment,
Et souvent il m'avait montré son dévouement
En me sauvant la vie au péril de la sienne,
Lorsque je naufrageai dans la mer Caspienne,
Ensuite au Cap ; et puis mille autres fois encor :
— Et je ne l'aurais pas donné contre un trésor.

J'aimais cet animal, ma foi, tout comme un frère.
La douceur se lisait dans sa prunelle claire
Et la fidélité brillait dans son regard.
Prompt comme un écureuil, rusé comme un renard,
Doux avec les enfants, plus propre qu'une fille,
Aboyant aux talons de chaque mauvais drille,
Se livrant dans les prés à des ébats joyeux ;
Avec ça, des poils noirs, très longs et très soyeux,
Et puis intelligent comme l'on n'en voit guères.....
— Et dire qu'on me l'a mangé, mille tonnerres !

Mes deux petits enfants lui grimpaient sur le dos ;
Et comme il semblait fier de ces légers fardeaux !
Il relevait la tête et donnait à sa marche
L'air d'un prince qui fait une haute démarche.

S'il voyait sur la route un pauvre, un malheureux
Tendant aux promeneurs des doigts cadavéreux,
J'avais beau l'appeler ; il s'arrête, il y reste,
Ou délicatement me tire par la veste.
Il me fallait donner deux sous au mendiant.
Il se servait encor d'un autre expédient :
Il se mettait debout, tout droit, avec sa patte
Il me frappe la poche, ou bien il me la gratte ;
Et je m'exécutais de bonne grâce ; aussi,
Souvent, c'était au chien que l'on disait merci !

Tout le monde l'aimait, excepté mon épouse ;
La raison est bien simple : elle en était jalouse !

Si je devais conter tout le bien qu'il a fait,
Je n'en finirais pas ce soir. — Venons au fait.

Donc j'étais sur le sol africain ; dans ces plaines
Qu'un soleil infernal dessèche, et qui sont pleines
D'animaux malfaisants, peu connus des Français.
Souffrant de la chaleur qui brûlait à l'excès,
Je cherchais vainement un peu d'ombre, une source

Où boire..... le moyen de poursuivre ma course.
Les fraîches oasis étaient sans doute loin,
Et dans ces lieux, n'ayant que le ciel pour témoin,
Les Touaregs, montés sur leur chameau docile,
Auraient pu consommer un crime très facile ;
Mais ils n'auraient pas fait un bien riche butin.
— Or je faillis avoir un plus cruel destin.

Je montais un cheval, un pur sang très farouche ;
Il semait, sous ses pas, l'écume de sa bouche ;
Il secouait la tête, et ses frémissements
Étaient toujours suivis de longs hennissements.
Son mors était couvert d'une mousse jaunâtre ;
Moi, je laissais aller la bête opiniâtre.

Tout à coup mon cheval s'écarte du chemin.
Je veux le retenir, il fléchit sous ma main ;
Je veux le ramener sur la route, moi-même
Je me sens tout ému d'une crainte suprême ;
Je le cravache en vain ; je tire sur le mors,
Nous avions peur tous deux, nous étions demi-morts.
Mes compagnons étaient restés bien en arrière,
Et mon chien aboyait d'une étrange manière ;

Ciel! que vois-je! un lion devant moi s'est dressé!
Le souffle du néant dans mon âme a passé!
J'étais perdu, perdu! Quelle triste seconde!
Lutter contre un lion sans que l'on me seconde. (1)
S'ils eussent été là, l'Anglais, l'Autrichien!
Mais non, j'étais tout seul avec mon pauvre chien!
Il attachait sur moi des regards de détresse,
Où se mêlaient la peur, l'amour et la tristesse!
Le lion, qui criait plus fort que l'ouragan,
Se reculait d'un pas pour prendre son élan.....
— Oh! Messieurs, les cheveux blanchissaient sur ma tête!
J'étais perdu, perdu, perdu! — L'horrible bête!

Moi qui n'ai pas la foi, je vous en fais l'aveu,
Dans ce triste moment je priai le bon Dieu!

Il n'en veut qu'à ma peau; c'est moi qui le ragoûte;
Rien n'empêchait mon chien de se sauver sans doute;
Mais il ne partit point; tournant vers moi ses yeux

---

(1) Admirez cette rime à la mode du jour,
    Ce n'est tout bonnement qu'un hideux calembour.

Affolés, qui semblaient me faire des adieux,
Il se jette au-devant du lion, et la lutte
Commence. Elle dura peut-être une minute ;
Mon chien était trop faible et le lion trop fort :
Cette minute-là me sauva de la mort,
Car, pendant que mon chien protégeait ma déroute,
Je revins au galop, par la plus courte route,
Trouver mes compagnons qui ne se doutaient pas
De la chose ; avec eux je revins sur mes pas,
Pour chercher le lion et le tailler en pièces ;
Mais le ciel se couvrit de ténèbres épaisses,
Et hâtant nos chevaux, nous vîmes en passant,
Là, dans le même endroit, une mare de sang !

Pauvre chien !

   Maintenant, pardon, cher auditoire ;
Je tenais, et c'est là le but de mon histoire,
A vous dire pourquoi j'avais presque pleuré
Tout à l'heure en voyant ce chien qui m'a flairé.

1879.

LA PRIÈRE D'UN PETIT PRINCE

A mon petit frère BABY.

Le ciel est noir, la terre est sombre ;
Partout on ne voit que de l'ombre,
    Car c'est l'hiver.
Oh ! quand reviendra l'hirondelle ;
Quand reviendra la saison belle,
    Où l'on voit clair !

Tout est triste, tout est morose !
Pas un parfum, pas une rose !
    Pas de soleil !
Au printemps la terre est fleurie ;

On peut courir dans la prairie,
    Dès son réveil !

Maintenant il fait froid, on gèle ;
Le vent violent me flagelle,
    Je veux l'été !
Petit mon Dieu, grand petit Père,
Tu m'écouteras, oui, j'espère
    En ta bonté !

Oui, tu vas me donner encore,
Le matin, une belle aurore,
    Et chaque soir,
J'irai, dans ton beau ciel sans voiles,
Regarder briller les étoiles
    Sur un fond noir !

Bientôt une chaleur très douce
Fera naître gazon et mousse,
    Dis, n'est-ce pas ?
J'irai faire ma promenade

Avec mon petit camarade,
    Ou mon papa.

Tu sais, petit Dieu, que je t'aime;
Fais, si tu me chéris de même,
    Ce que je veux!
Fais-le, puisque rien ne te coûte;
Allons, grand petit Père, écoute
    Vite mes vœux!

Vois-tu, l'hiver, c'est un désastre!
Dis, est-ce vrai que ce bel astre
    Est un grand roi?
Si c'est ainsi, qu'il se souvienne
Que mon père fut roi, qu'il vienne
    Alors vers moi.

Sache qu'hier je fus très sage,
Et va porter ce court message
    Au bon soleil;
Sois gentil, tire-lui l'oreille

Pour que ce vilain se réveille
De son sommeil;

Méchant, tu ne sais que te taire.
Mais je comprends, sur cette terre,
Comme de moi,
Personne n'en veut; on l'exile,
Et l'on dit qu'il est inutile,
Puisqu'il est roi !

1880.

LIONNE ET TIGRESSE

A mon frère Aurelio.

Là-bas apparaissait la côte. A l'arrivage
Du vaisseau dans le port, les nègres du rivage,
En un grossier patois, poussent des cris aigus.
Nous débarquons. De gros bananiers contigus
Forment, rangés en file, une profonde allée
Que l'ombre parfumait de sa fraîcheur ailée.
Gisante sous un toit construit de rameaux verts,
Une sorcière, aux yeux méchants, tout grands ouverts,
Au corps si décharné qu'on sent la tombe proche,
Lance un sarcasme vil à quiconque l'approche,
Et nous montre les dents comme un chien enragé.
Je m'approchai d'un nègre et je l'interrogeai.

— « Elle est folle, dit-il, sa folie est notoire.
Oh ! je la connais bien ; écoutez son histoire. »

Autrefois, cette femme avait deux fils jumeaux.
C'étaient les plus gentils enfants de ces hameaux.
Elle crut éternelle une joie éphémère ;
Le bonheur dure peu : la pauvre n'est plus mère.
Sa puissante raison aux conseils réchauffants,
Pour les guider là-haut, a suivi ses enfants.

Un jour que ses petits se promenaient ensemble
Parmi les goyaviers que la forêt rassemble
Et d'où les singes verts clignent un œil moqueur,
La négresse sentit une secousse au cœur.
Ses fils ne rentrent pas, un danger les menace:
Cette vaine frayeur qui la poursuit, tenace,
L'entraîne dans un bois profond et spacieux,
Sur un coteau rouillé par d'implacables cieux ;
Là, tombant à genoux, saignante, sans haleine,
Elle jette des yeux avides sur la plaine.

Dieu merci ! Les voilà ses deux petits garçons.
Ils chantent : les jacos répètent leurs chansons ;

Les branches dont ils sont chargés les embarrassent.
Ils courent en jouant, s'arrêtent et s'embrassent,
Ils viennent de cueillir des dattes, et bientôt,
Comme ils ont vu leur mère, ils vont grimper là-haut.

Mais, ô ciel ! dans le cœur de la pauvre négresse
Un affreux désespoir fait place à l'allégresse.
Une lionne arrive en rugissant de faim.
Oh ! les pauvres petits ! Comme un léger essaim
De frêles papillons ou de folâtres mouches,
Le rire et la gaîté s'envolaient de leurs bouches ;
Mais devant cette bête horrible, tout transis,
Les petits sont mangés aussitôt que saisis.
Leur mère est si loin d'eux ! Comment franchir l'obstacle ?
Ah ! pour comble d'horreur, la mère à ce spectacle
Assiste, sans pouvoir secourir ses enfants.
Pas de plaintes, de pleurs, de sanglots étouffants.
Sans détourner la vue, elle suivit le drame,
Et, cachant son tourment dans le fond de son âme,
Tranquille, elle rentra le soir à la maison,
— Et cela ne lui fit pas perdre la raison.

Comme un reître aviné qui court à la maraude,

L'infortunée, à l'heure où la lionne rôde,
Sortait ; elle tenait un couteau dans la main
Et parcourait le même et lugubre chemin
Où la mort, se servant d'une bête farouche,
Sépara pour jamais leurs lèvres de sa bouche.

Je la suivis un jour par curiosité
Et je fus le témoin de sa férocité.

Des plus raides coteaux elle glissait les pentes,
S'accrochant par les mains aux lianes rampantes,
Écoutant dans les bois rugir les léopards,
Ici et là, sautant les abîmes épars ;
Et : « le Ciel a donné la soif de la vengeance
Et l'amour maternel à la plus vile engeance, »
Disait-elle sans cesse en riant aux éclats ;
Son rire raisonnait lugubre comme un glas.
Sombre était son aspect, rigide sa démarche.
Elle va, elle court, elle marche, elle marche
Dans la plaine qui vit dévorer ses enfants,
Sur des taillis broyés par les lourds éléphants.
Moi, je suivais ; soudain, comme un mauvais présage,
De broussailleux bambous me barrent le passage.

La vieille a disparu ; je ne savais par où.
Un antre est à mes pieds. Je regarde en ce trou ;
Je la vois s'y glisser... la voici près de l'antre...
Elle hésite un instant, elle recule, elle entre,
Et j'entre aussi. Mon Dieu ! qu'est-ce donc que je vois ?
Si grande fut ma peur que je restai sans voix.
Ses yeux phosphorescents éclairaient le repaire ;
Et pleine d'une ardeur que le plaisir tempère,
Elle perçait de coups des petits nouveaux-nés ;
Leurs corps tout pantelants en étaient sillonnés ;
Leur mère avait mangé les fils de la négresse,
Pour lui manger les siens que n'est-elle une ogresse !

Elle aurait pu tuer de sa main l'animal ;
Non, elle avait voulu lui faire plus de mal :
Que la bête souffrît sa cruelle souffrance.
Alors, dans cette idée, avec persévérance,
Pendant près de six mois la suivant pas à pas,
Elle avait attendu que la bête mît bas.

Voyez-vous, la vengeance est de notre apanage.

La vieille avait à peine achevé ce carnage

Que retentit au loin un long rugissement;
Elle s'arrête, écoute et dit : c'est le moment.
Leur sang tout chaud encor mouille et rougit la terre;
Que dans ses flots vermeils ton cœur se désaltère.
Oui, viens; j'ai pour ta faim une proie à t'offrir,
Lionne du désert, à ton tour de souffrir.
Car le ciel a donné la soif de la vengeance
Et l'amour maternel à la plus vile engeance.

Or voilà l'animal qui rentre, furibond.
Moi, sur un baobab je m'élance d'un bond;
Sur l'arbre, auprès de moi, se hisse la négresse...
(La lionne mettait en fuite la tigresse).

Oh ! la cruelle scène ! oh ! le pauvre animal !
Il hurlait, il pleurait, et cela faisait mal;
Il flairait et léchait ses lionceaux sans vie.
D'avoir guetté la vieille et de l'avoir suivie,
Je vous jure, monsieur, que j'avais du regret;
Plût au ciel que je l'eusse ignoré, son secret !
Mais... qu'est-ce que j'entends, la vieille elle osait rire,
Ce fut une autre scène impossible à décrire,
Car elle se tenait le ventre et se pâmait,

Pendant que de douleur l'animal écumait !

Nous rentrâmes ensemble, et le long de la route,
Elle restait muette : elle souffrait sans doute.
Pour la distraire : au ciel tes fils sont bienheureux !
Fis-je.
              — Mes fils, dit-elle avec un geste affreux,
Ils sont vengés !
                    — Ce fut sa dernière parole.

Depuis ce jour, monsieur, la pauvre vieille est folle !

1878.

ÉPITHALAME

Épouse-le, ma chère, et sois heureuse. Oublie
Que tu t'étais donnée et que j'ai ton serment ;
Sans redouter du ciel un juste châtiment,
Brise, si tu le peux, la chaîne qui te lie.

Ainsi, tu m'oublieras. Toi m'oublier ? folie !
Insensible peut-être à mon âpre tourment,
En vain détournes-tu la tête en ce moment
Pour fuir mes yeux hagards et ma face pâlie.

Mon souvenir partout, comme un spectre infernal,
Dardera sur ton front un regard qui s'enflamme ;
Tu comprendras combien ce que tu fais est mal.

Trop tard tu pleureras sur ta faiblesse infâme ;
L'homme auquel on te livre, en cet hymen fatal,
Possédera ton corps : elle est à moi, ton âme !

1882.

MON PLAISIR

Ah ! laissez-moi pleurer, n'essuyez pas mes larmes !
Laissez, frères ; les pleurs ont aussi bien des charmes :
    Laissez-moi savourer mes pleurs !
Cueillez, frères, tout seuls, les blanches aubépines ;
Cueillez tous les plaisirs, laissez-moi les épines,
    Laissez-moi les douleurs !

Je suis triste ; allez seuls, la chanson sur les lèvres,
Dans les champs verts chasser les cailles et les lièvres
    Et cueillir la fleur des genêts !
Allez, beaux jeunes gens, prendre la taille aux belles ;
Mais gare au père qui tient toujours l'œil sur elles,
    Comme un chien aux aguets !

Allez dans les salons faire la cour aux dames,
Dont les regards divins brillent comme des lames
          Et nous blessent aussi le cœur !
Soyez gais et dansez, si vous aimez la danse,
Et foulez à vos pieds des fleurs en abondance,
          Et chantez tous en chœur !

Amis, et si, pensant à moi, l'on vous demande,
En joignant à ces mots un peu de réprimande :
          « Il n'est pas avec vous encor ! »
Répondez : « Il est fou ; nuit et jour, à toute heure,
Il lève le regard vers le beau ciel, et pleure
          Sur une lyre d'or !

Ne l'interrogez pas ; il aime sa folie.
Il boira la douleur, dit-il, jusqu'à la lie ;
          Le bonheur ne peut l'effleurer.
Vous essaieriez en vain par toute votre joie
De chasser le chagrin auquel il est en proie :
          Car il aime à pleurer ! »

1878.

UN MOT

IMPROMPTU A LA SOCIÉTÉ PHILOTECHNIQUE

LATINO-AMÉRICAINE

L'homme à qui Dieu donna la France pour patrie
A pour la Liberté comme une idolâtrie !
Oh ! qu'il est noble et fier le monde américain
Qui soudain s'éveilla libre et républicain !
Salut à Bolivar dont le Génie étonne !
Plus grand que Bonaparte il dédaigna le trône !
Et vous ayant donné Patrie et Liberté,
Il mourut dans l'exil et dans la pauvreté.

Colombiens, que nul ne pourrait plus soumettre,
Adorez Bolivar, car il est votre maître;
Avec les fers brisés en un glorieux jour,
Forgez les chaînes d'or d'un éternel amour.

1880.

LE GRAND ADIEU

A.....

Adieu ! terrible mot que l'ouragan emporte !
Étoile qui s'éteint dans l'orageuse nuit :
Adieu ! dernier soupir de l'espérance morte !
Écho lointain des pas du bonheur qui s'enfuit !
Supplice plus affreux que ceux de l'enfer même ;
Mot formé de néant et d'épouvante : Adieu !
— Oh ! par ce cri jeté dans une heure suprême,
Des sentences du sort notre âme appelle à Dieu !

SIMPLE HISTOIRE

Ainsi pour l'ouvrière, après la maladie,
La misère, la faim qui murmure : mendie!

Le ciel est éclairé d'un rayon incertain.

Un lugubre portail dresse, dans le lointain,
Sur son large fronton une humble croix de pierre.

C'est la vaste maison de tous : le cimetière!

Le silence et la paix ont leur empire ici!
Dans son lit ténébreux, dépouillé du souci,

L'homme que l'existence accablait se repose.
Ces tombeaux, où souvent une orpheline pose
Sa douleur en baisers et sa pensée en fleurs,
Dévorent notre chair, s'abreuvent de nos pleurs.
Nature au ventre gros, aux tétons lourds et fermes,
Dans ton sein, où la force agit, tu nous enfermes !
Tu nous poussas dehors, rouges, mous et tremblants ;
Froids et décolorés, nous rentrons dans tes flancs !
De ton rut continu l'insatiable envie,
C'est ce qui tue et crée, ô néant de la vie !
Et jusque dans la mort, déchiquetant les os,
La grouillante vermine effare le repos !
Bientôt tout disparaît ; des cadavres livides,
Même les ossements ; les noirs tombeaux sont vides !
Vous qui gardez la foi dans votre cœur pieux,
Mères, qui les cherchez, interrogez les Cieux.

Comme la feuille morte au gré du vent voltige,
Vers ces lieux, lentement, une enfant se dirige ;
Au hasard elle a pris ce lugubre chemin.
De sa lèvre éteignant le souriant carmin,
L'anémie a fané les roses de sa joue ;
Le souffle de la mort la pousse et la secoue.
La folie en ses yeux creusa deux trous hagards

D'où jaillissent, luisants, de sinistres regards.
Et l'on croit voir passer une jeune sorcière !

On découvre déjà les croix du cimetière.....

Comme un pêcheur, le noir et glacial janvier,
Dans l'océan humain jetant son épervier,
De chétifs indigents fait sa plus grande proie.
— Un mois, pour les heureux, de plaisirs et de joie !

Elle frôle le mur d'un somptueux hôtel ;
C'est le royal palais d'un riche industriel.
On y danse, on y rit. Le diamant scintille,
Le champagne doré coule à flots et pétille ;
La valse folle y tourne ; une jolie enfant,
Dans les bras d'un danseur, à peine se défend !

L'ouvrière regarde et passe sans rien dire ;
Elle n'a jamais su jalouser ni maudire
Ceux qui de la fortune ont surpris les faveurs.
La haine n'a jamais brûlé ses yeux rêveurs.

— Que viens-tu faire ici sur cette obscure tombe ?

Ton frêle corps brisé comme une masse tombe.
La lune resplendit sur la cime des monts.
Ton pied, ô jeune fille, écrasa les démons
Qui, comme au Rédempteur, t'offraient les biens du monde
Si tu souillais ton âme en une fange immonde !
Tu meurs vierge ! Va-t-en vers Dieu d'un vol léger ;
Va lui porter tes lis et tes fleurs d'oranger !

Ses yeux se sont fermés, une larme les mouille.

Sur l'arbre de la route un rossignol gazouille.

Elle attend. « — Que veut-elle ? Est-ce un morceau de pain ?
— Il faut la secourir ! »

       Non, elle n'a plus faim :
Elle repose, heureuse enfin, car elle est morte !
Regardez : dans ses bras un ange aux Cieux l'emporte !

Tu meurs vierge ! Va-t-en vers Dieu d'un vol léger ;
Va lui porter tes lis et tes fleurs d'oranger !

Demain, quand, ravivant sa flamme salutaire,
Le soleil brillera sur ce lieu solitaire,
A ses parents la pauvre enfant ira s'unir,
Sans laisser un regret, pas même un souvenir !

1879.

A MA FRANCE

Tout homme a deux pays : le sien, et puis la France !
Henri de Bornier.

JE DÉDIE

LES POÉSIES QUI SUIVENT

A LA JEUNESSE DES ÉCOLES DE FRANCE

C. R. P.

Paris, la grande ville aux merveilles sans nombre,
Pleure comme une veuve au milieu des chemins;
Et ses gémissements réjouissent dans l'ombre
        Les tigres inhumains.

Elle pleure ses fils tombés dans la bataille,
Dont les cadavres noirs ont pourri sans tombeaux;
Elle montre aux passants la main de la canaille
        Sur sa robe en lambeaux!

Avec des cris de mère, avec des cris de haine,
Elle demande à Dieu d'abréger son tourment;
Et qu'il arrache enfin l'Alsace et la Lorraine
        A l'empire allemand.

Les enfants ont appris l'histoire de leurs pères ;
Ils comprennent déjà le douloureux affront,
Car on voit s'éclairer de flammes passagères
          Leur doux et triste front.

Les petits ont grandi : plus de jouets, des armes !
O ma France, demain tu verras tes enfants
Glorieux t'apporter pour essuyer tes larmes
          Leurs drapeaux triomphants.

Mai 1882.

LA LORRAINE

A mon ami A. H.

Au coucher du soleil on la voit tous les soirs ;
Comme une veuve, elle a couvert de voiles noirs
Son front, qui sait cacher les tourments de son âme.
Elle marche tout droit, la pauvre et noble femme ;
Son regard, détaché de la terre, paraît
Suivre dans le ciel bleu l'astre qui disparaît.
Elle marche tout droit dans la verte campagne,
Et sans se fatiguer, car l'amour l'accompagne.
Pâtres et laboureurs sont rentrés ; et les champs
Sont seuls. Le rossignol égrène quelques chants
Qui se perdent au loin et que l'écho répète.

Ainsi que le roseau courbé par la tempête,
Ou comme les épis sous le souffle du vent,
Son front, calme et serein, s'est incliné souvent
Sous l'ouragan cruel de son âme assombrie.
Elle marche tout droit, et tout bas elle prie ;
Et lorsqu'elle aperçoit son pays bien aimé,
Ce cadavre qu'un Dieu vengeur a ranimé,
Elle porte en tous sens sa prunelle tarie,
Et baise avec amour le sol de la patrie !

1879.

BON APPÉTIT, MESSIEURS !

Qu'elle s'engraisse encor. — Je voudrais voir la Prusse
Manger du Hollandais, du Danois et du Russe ;
En guise de biftecks aux fumets engageants,
Un royaume, deux même et servis bien saignants !
Laissez-la se gaver. — Gare aux douleurs de ventre !
Gare aux tiraillements du Nord, du Sud, du Centre !
Gare à la diarrhée ! — Oh ! pauvre nation !
— L'empire crèvera d'une indigestion ! —

1880.

Cinq milliards ! Devant mes faibles yeux dressée,
Comme une immense mer où se perd la pensée,
Cette somme magique, aux tintements criards,
Déroule les flots d'or de ces cinq milliards !

O gloire ! n'est-ce pas que l'on te prostitue,
Lorsque pour dépouiller la vaillance abattue,
Le roi des Huns se jette, ainsi qu'un chien traqueur,
Sur le vaincu qui râle, un poignard dans le cœur !

L'oiseau pêcheur s'en va, tantôt rasant de l'aile
Les flots de l'océan profond, au cri rebelle ;
Tantôt sur le cristal posé comme un bateau,
Il happe les poissons qui viennent à fleur d'eau
Recevoir du soleil la brûlante caresse.

La chasse est bonne ; il est content de son adresse ;
Et bénissant le sort de sa félicité,
Lentement il s'élève au ciel illimité.

Des labbes affamés, la troupe lâche, vile
Et paresseuse, fond sur le pêcheur habile ;
Le nombre avec la faim les rend astucieux ;
Et croisant en tous sens leur essor captieux,
C'est autour du pêcheur une trombe qui tourne.

Accablé sous leurs coups, le pêcheur se retourne ;
Il jette un cri perçant de rage et de douleur,
Au loin répercuté comme un cri de malheur ;
Et pour fuir leur colère avide, sur la plaine
Il vomit les poissons dont sa gorge était pleine,
Et s'en revient, laissant sa pêche aux vils oiseaux,
Raser, le ventre creux, l'immensité des eaux.

LA RANÇON

O spectacle émouvant qui charme et réconforte!

Voilà les ennemis en sanglante cohorte
Réclamant, furieux, le prix de la rançon.

Alors le sol français apporta sa moisson,
L'ouvrier son travail et le bourgeois ses rentes.
O femmes, pouviez-vous rester indifférentes!
Vous aussi vous donniez, ô nobles sentiments!
Le prix de votre luxe et de vos diamants.

Tous ont contribué, les femmes et les hommes,
Et les grands capitaux, et les petites sommes,
Même les indigents apportaient leurs liards.

Mais où trouver, comment trouver cinq milliards ! !
Ce chiffre nous ouvrait une mâchoire hostile ;
Il criait en bâillant ainsi qu'un crocodile ;
Il disait : « Apportez, apportez-moi de l'or ;
Je n'en ai pas assez, j'en veux, j'en veux encor ! »
Il nous épouvantait par sa faim déloyale !

La France avait livré la gloire impériale,
Son rayonnant passé, l'avenir, tout enfin.
Et le monstre hurlait, et le monstre avait faim !

Alors, désespérée, accablée et meurtrie,
Par une calme nuit se dressa la Patrie !

Autour d'elle flottait comme un doux hosanna,
Et pour la voir passer, le Ciel illumina !

Qui donc eût reconnu dans cette simple femme
La Patrie?
                    Arrêtée au seuil de Notre-Dame,
Elle chancelle et tombe, et se traîne en pleurant.
Oui, le sort est trop dur et son malheur trop grand!
Car les Prussiens ont, comme de mauvais drilles,
Malgré leur désespoir, volé deux de ses filles.
Et d'où tirer de l'or pour payer la rançon?
Et, le corps agité d'un glacial frisson,
Elle se rappelait son antique puissance.
Étendue, elle est là, presque sans connaissance,
Mourante.

                    Tout d'un coup, une voix qu'elle entend
A fait résonner l'air de son timbre éclatant.
Était-ce l'ouragan? était-ce une chimère?
Non, la voix l'appelait, la voix disait : Ma mère!
Absorbant dans ce mot son esprit recouvré,
Elle écoute; on l'appelle encor. Mais est-ce vrai?
Que de doux souvenirs cette voix lui rappelle!
« — O ma mère chérie! » — « Ô Ciel! qui donc m'appelle? »
« — Mais c'est moi, Jeanne d'Arc. Levez vers moi les yeux. » —
Et la France aperçut dans le calme des cieux
Jeanne qui murmurait : « Laissez passer l'orage,

Vos filles reviendront; patience et courage! »
Et Jeannette à la France envoya des baisers.

O France, tes tourments furent tous apaisés,
Et tu lui souris même au milieu de tes larmes.

« — Pour la forte rançon n'ayez nulles alarmes,
A dit Jeanne; je viens compléter le trésor;
Mère, tendez les mains : voici des astres d'or! »

L'ARBRE DE LA PAIX

Que l'arbre de la Paix se dresse, et que sa tête
Touche où ne grondent pas les ouragans siffleurs ;
Plus haut que nos regards, plus haut que la tempête ;
Qu'il parfume les cieux de ses riantes fleurs.

Que l'arbre de la Paix, aux branches toutes pleines
De fruits, laisse ces fruits pleuvoir sur le chemin
Pour que leur suc puissant désaltère nos haines,
Apaise dans nos cœurs la soif de sang humain !

Que l'arbre de la Paix, à tout oiseau qui passe,
Offre ses verts rameaux d'ombrage coutumiers,

Et s'endorme, bercé dans le tranquille espace,
Par le roucoulement des timides ramiers!

Que l'arbre de la Paix, de ses feuilles tressées,
Quand la Justice aura désarmé le guerrier,
Couronne le poète aux augustes pensées,
La femme vertueuse et l'honnête ouvrier!

Que l'arbre de la Paix, dans sa gloire absolue,
N'ait plus à redouter les foudres du destin;
Que chaque nouveau siècle étonné le salue
Dans son robuste essor vers l'avenir lointain.

Que l'arbre de la Paix regarde les désastres
Des guerres terminés, tout carnage aboli;
Et que les nations, à la clarté des astres,
En se donnant la main dansent autour de lui!

1885.

TABLE DES MATIÈRES

GRAINS DE SABLE

A mon Frère aîné.. 5
A mon Père... 13
Amour timide... 17
Boutade.. 19
Le départ (Petit adieu).. 21
Victime de l'Amour, poème.. 23
Petit Rien Mélancolique.. 35
Le Rendez-vous... 37
Les Étoiles.. 41
Le Terre-Neuve, récit.. 45
La Prière d'un Petit Prince.. 51
Lionne et tigresse... 55
Épithalame... 63
Mon Plaisir.. 65

Un mot.... 67
Le grand Adieu...................... 69
Simple Histoire 71

A MA FRANCE !

Paris, la grande ville.. 79
La Lorraine.. 81
Bon appétit, messieurs !... 83
Cinq milliards !... 85
L'Oiseau Pêcheur.. 87
La Rançon... 89
L'Arbre de la Paix 93

Imp. Oberthür, Rennes (321-95)

ŒUVRES DE CARLOS RENDON PÉREZ

L'Alsacien, poème (*épuisé*).

Les Préludes, poésies, 1 vol. (*épuisé*).

Les Prémices du Cœur, poésies, 1 vol. (*épuisé*).

La Jung-Frau, poème en trois chants, 1 vol. (*épuisé*).

Grains de Sable, ⎫
⎬ poésies, 1 vol., nouvelle édition. Prix, 2 fr.
A ma France ⎭

La Terre de Colomb (*épuisé*).

LES NOCTURNES

1 vol. ; prix, 3 francs ; Alphonse LEMERRE, éditeur.

Le Demi-Dieu, l'Idole brisée, sonnets, 0 fr. 50.

SOUS PRESSE

La Estatua de Rocafuerte, poema.

Contes Méridionaux.